反斗群英 2
做個好朋友

梁望峯

群英小學

小天地
Little Cosmos

人物介紹

夏桑菊

成績以至品行也普普通通的學生，渴望快些長大。做人多愁善感，但有正義感。

黃予思（乳豬）

個性機靈精明，觀察力強，有種善解人意的智慧。但有點霸道，是個可愛壞蛋。

姜C

超級笨蛋一名，無「惱」之人，但由於這股天生的傻勁，令他每天也活得像一隻開心的猴子。

胡凱兒

個性冷漠，思想複雜，口直心快和見義勇為的性格，令她容易闖出禍來。

孔龍（恐龍）

班中的惡霸，恃着自己高大強壯的身形，總愛欺負同學。

KOL

年紀小小的 youtuber 和
KOL，性格高傲自戀。

呂優

班裏的第一高材生，但個子細小
又瘦弱，經常生病。

蔣秋彥（小彥子）

個性溫文善良的高材生，
但只有金魚般的七秒記
憶，總是冒失大意。

方圓圓

為人樂觀友善，是班中的友誼小姐。胖胖
的身形是她最大的煩惱，但又極其愛吃。

曾威峯

十項全能的運動健將，惜學業成績
差勁。好勝心極強，個性尖酸刻
薄，看不起弱者。

目錄

群英小學

第1章

消失的友情

一大清早，夏桑菊回到學校，第一件事就是把姜C抓去小賣部，坐到給學生用膳的餐桌前。

他用兩手支着頭，一對呈現心心型的媚眼閃啊閃的，用一張溫柔的面孔凝視着姜C。

「BB，我們是好朋友吧？」

「菊菊，讓我為你獻唱一曲《友共情》。」姜C含羞地哼起一首歌頌友誼的

金曲：「下雨天 🎵 總掛念從前 🎵 球場上那可愛片段 🎵 突然又已一年 🎵 祈望再會面 🎵」

　　夏桑菊：「舊朋友 🎵 就算心永未遙遠但這刻渴望見 🎵 即使重聚再短 🎵」

姜Ｃ：「時光可變（走音♫）世界可變（走音♫）人情亦許多變遷（嚴重走音♫）」

夏桑菊舔一下唇：「好朋友，你會請你活在水深火熱、赤貧線下的好朋友飲維他奶吧？」

「好朋友，你要一盒，還是要一箱？」

「一盒就可以了。還有的是，你的好朋友這個星期每天也想要一盒。」

「沒問題啦，我會像一頭敬業樂業的乳牛，給你源源不絕供應維他奶的啊！」

「你真是我最好的朋友！」

為了紀念珍貴的友情，兩個男生忍不住將四隻手拖在一起，心頭熾熱得像三十二度下的操場。

～是愛啊！

「小學生不可以談戀愛！」

忽然之間，兩人頭上出現一個像 UFO 的巨大陰影，從兩人的頭頂罩下來，夏桑菊和姜 C 也給嚇倒了，兩人差點沒緊緊相擁在一起。

原來是黃予思，她**笑眯眯**坐了下來，知道姜 C 要請客，她老實不客氣的要魚蛋和檸檬茶，姜 C 像一頭開心的猴子般，**跳蹦蹦**走去買。

黃予思看看樣子逗笑的夏桑菊，就知他心情開朗，她問：「小菊，你看起來很高興，發生甚麼事了？」

夏桑菊把昨天不小心撞跌了胡凱兒的平板電腦，放學後又巧遇了她，替她修好

電腦，兩人成為朋友的事告訴她。

　　當然，他也把整個星期四百元的零用錢都花費在更換電腦屏上，窮得連買一盒維他奶的錢也沒有了。

　　「看起來，你對女生也真有辦法啊。」黃予思偷笑。

　　他一挺胸膛，驕傲地說：「我只想做個負責任的男生罷了。」

　　「滿以為她是個麻煩女生，結果真令我大失所望啊。」

　　「你知道全班最麻煩的女生是誰？」夏桑菊笑着問。

　　兩人異口同聲：「KOL！」

　　夏桑菊、黃予思和姜C一同返回課室，只見女生們都圍着 KOL 起哄。

　　KOL 是香港其中一名最年輕的 Youtuber 和 KOL（關鍵意見領袖），她最近替一支水果味潤唇膏做代言人，試用產品的視頻，在 Youtube 得到了三十萬次點擊。

　　KOL 一手拿幾支潤唇膏，她一邊說：「這是限量版潤唇膏，街上不會發售，誰想要？」另一手舉着手機在拍，攝錄着眾人狂熱的實況，女生紛紛嚷着說：「我想要潤唇膏！我要！」

　　黃予思和夏桑菊也不想入鏡，變成

Youtube 影片內的「路人甲」，兩人避開
鏡頭，繞了個大圈才走進課室。

　　黃予思厭惡地說：「她每天都在拍片，
到底有完沒完啊？」

　　夏桑菊真心真意地說：「她的表演慾
那麼旺盛，應該到了世界末日的那天，才
跟 Youtube 一同完結啊！」

沒想到，姜 C 急不及待跑向 KOL，跟一眾女生們搶奪潤唇膏。

KOL 眼睛伶俐地轉了一轉，想到了甚麼好點子，狡猾一笑説：「姜 C，你替我拍一段短片，我送你一支。」

姜 C 表現亢奮，如數家珍地説：「我可不可以替你拍五段片，你給我五枝？我爸爸、我媽媽、我的狗『小薑』、我的老龜『大薑』也想要潤唇膏，他們的嘴唇都十分乾枯啊！」

KOL 翻一下白眼，暗暗嘲諷説：「好啊，橫豎我有一大箱用不完……也許，你會讓我多了很多非人類的粉絲呢！」

　　姜 C 在窗前擺好了姿勢，KOL 開始拍攝。

　　只見一臉憂鬱、雙手插在褲袋內、凝視着窗外的姜 C，慢慢轉過臉來，對鏡頭説：「乾乾的我走了，正如我乾乾的來。我拉一拉褲頭，不帶走一片唇彩。」然後，他從褲袋抽出了一支潤唇膏，繞着嘴唇搽上一圈，用感性的聲音

說：「用了『雜種冰潤唇膏』，豬唇馬上變朱唇，嘬！」然後，雙眼像發電廠的他，向鏡頭嘟起了小嘴，風騷地送一個飛吻。

　　KOL 放下手機，滿意地比了個 OK 手勢，一眾女生忍不住驚呼狂叫，胖胖的方圓圓好像缺氧休克了。

　　黃予思和夏桑菊在一旁看到姜 C 的傻勁，不禁對這位無「惱」人士瞪圓了眼。

　　夏桑菊走回座位，見鄰座的胡凱兒已回來了，他放下書包，跟身邊的她親切地說早晨。

　　胡凱兒卻沒說早晨，只是用冷淡

的面容瞄他一眼，把彷彿一早已預備好的四張紙幣，從抽屜內抽出來，放在他桌面上。

「換電腦面板的錢，歸還給你。」

夏桑菊的笑容僵住了，莫名其妙地問：「不是說好了的，你會教我拗手瓜嗎？」

「其實，也沒甚麼可教的，你上網有很多教學影片可看。」

他可不是傻瓜，覺得胡凱兒又要刻意跟自己保持距離，把他推得遠遠的。他盯着桌面那四張紅色紙幣，低喃着說：「我還以為，你是心太軟。」

「心太軟？」她隱約聽到了他壓低聲

線的話。

這次，他沒有隱瞞失望，口直心快地說：「就是那個外冷內熱的甜品**心太軟**啊。我滿以為，你也一樣。」

「你憑甚麼以為，和我同桌了兩星期，你就很了解我了？」胡凱兒的語氣倒是平靜的：「真要形容嗎？我就是放了幾天的**麵包**，內外一樣冷。」

夏桑菊失望地說：「原來如此，看來

我們之間的誤會真大，對不起啦！」他氣餒地抓起了桌上的紙幣，胡亂地

塞進書包內。

　　這一幕，坐在兩人斜前座位的黃予思側耳聽見了，但她不動聲色的，繼續玩她的手機遊戲去。

　　由昨日一整夜到今個早上也心情愉快的夏桑菊，延至七時四十五分，正式宣佈快樂陣亡。

　　小息的時候，孔龍跟他的好友呂優不知因何事而吵起來，高大強壯的孔龍追打着呂優，用巨大的拳頭把他的背打得

呼呼作響，

一直追出課室。

　　夏桑菊見大事不妙，呂優是成績永遠名列前茅的高材生，但個子細小，又長得瘦弱，給人一碰即散的印象。夏桑菊可不想見到群英小學發生創校以來首宗命案，連忙跑出走廊。

　　他努力分開了拉扯着的兩人，把呂優擋在他身後。他提醒孔龍：「恐龍，你忘記了嗎？做人別那麼魯莽！」

　　是的，孔龍昨天欺負方圓圓，最終胡凱兒替方圓圓出頭，拗手瓜擊敗了他。孔龍頹喪不已，夏桑菊便好意地勸勉了他，孔龍也答應會改過。

沒想到，孔龍的話卻出乎他的意料：「你以為我會上當吧？」

　　「上當？上甚麼當？」

　　「你昨天的話，我終於想通了，你只是擺出班長的下馬威，想操控我吧？」

　　「我沒有這樣想。」

　　「甚麼爸爸的話也是假編出來的吧？白色謊言，就是叫我閉嘴！」

　　是的，他昨天也引用了爸爸跟他說過的話，規勸孔龍要慎言。他說：「我爸爸說，說謊也有分為惡意和善意。帶着善良的謊言，叫白色謊言。」沒想到，孔龍卻

用了這番話攻擊他。

夏桑菊委屈地説：「我只想安慰你。」

孔龍用手在他的陸軍頭的前額往後腦一掃，呵呵大笑説：「安慰？我從來不用誰來安慰！我承認在一次拗手瓜比賽中偶然失手了，但是，在其他方面，我還是可以稱王稱霸！」

夏桑菊聽到孔龍狂妄自大的話，只好硬起心腸説：「那麼，我也會像個班長一樣，只要你干犯甚麼違反校規的事，我會公事公辦。我看到你攻擊呂優同學，請跟我去校務處！」

孔龍急起來，瞪着夏桑菊身後的呂優，

對他大聲又兇惡地道：「哈比人，你要不要走出來解釋一下呀？」

呂優繞過夏桑菊，走到孔龍身邊去，決定維護好朋友。他一臉內疚，對夏桑菊支支吾吾地說：「班長，我們只是玩玩而已……我沒有被誰攻擊……」

他看到呂優的下頷紅腫了一片，不齒地問：「那麼，你的下巴怎麼受傷了？」

「我不小心撞向桌角了……」呂優神情怯懦的答道，他補充了一句：「恐龍正想帶我去醫療室治傷。」

孔龍用力環抱着呂優的肩膊，把呂優嚇得**全身瑟縮**一下。孔龍**有恃無恐**地挖苦着説：「班長，聽到了嗎？你可不能濫用權力**無中生有**啊！在學校內不要**以大欺小**！」

夏桑菊怔呆了，他一心想當好人，卻**枉作小人**。

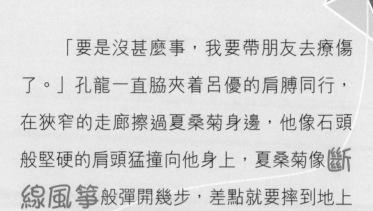

「要是沒甚麼事，我要帶朋友去療傷了。」孔龍一直脇夾着呂優的肩膊同行，在狹窄的走廊擦過夏桑菊身邊，他像石頭般堅硬的肩頭猛撞向他身上，夏桑菊像**斷線風箏**般彈開幾步，差點就要摔到地上去，被撞的肩膊疼痛不已。

「哎啊，班長，你為甚麼那麼不小心啊？」孔龍**假惺惺**地説。

目送着頭也不回、哈哈大笑的孔龍，夏桑菊握緊了拳頭，真有種衝上前追打他的衝動，但他慢慢鬆開了拳頭，只能敢怒不敢言的佇立在原地。

第 **2** 章

六又五分之四樓梯

午息時，夏桑菊又走到六又五分之四樓梯。

每次非常難過，想避開所有人，他就會走到六樓和天台之間的一段樓梯來。由於天台長期鎖上一道鐵門，學生們不得其門而進。所以，沒有人會從六樓再繞上來，這個樓梯口就像是給世界遺忘了的角落。

記得上次走到六又五分之四樓梯，已是去年的事了，他接獲了期終試考取全級

一百零一名的中下等成績單，傷心得走到這裏發呆。

　　沒想到，這次與成績無關，他的心情竟也落到了最低點，不知不覺又躲到這裏來。

往天台

往六樓

坐在接近天台樓梯間的他，用雙手抱着膝，將頭埋進雙膝之中，企圖讓自己整個人縮小一點，也令痛苦減少一點。

一陣輕微的腳步聲響起，他即時警惕地抬起頭來，只見黃予思正站在六樓梯間探頭看他。她揚揚手中的一本小說，對他說：「我剛去了圖書館借

書，猜想你會不會在這裏。」

夏桑菊也知道圖書館在六樓，但他不認為黃予思走上來是為了借書。他説：「我不想留在課室裏。」

她拐上了樓梯的轉角，走到這個隱蔽的六又五分之四梯間，完全不介意梯級骯髒，坐到他身邊去。

「你沒有吃午飯嗎？」

「今天的訂飯餐單是羅宋魚柳燕麥飯，我真的太討厭了。一打開盒蓋，倒汗水如洪水決堤般往下流，變成*水浸燕麥飯*，實在吃不下啦！」

「你叫我跟你交換啊。」

「那個燕麥湯飯太惡劣了，我可不想陷害朋友啊！」

黃予思笑着搖頭，她彷彿想起甚麼，打開了手裏的小説，書頁內竟夾着一支朱古力棒，她説：「我帶了朱古力回校，你吃吧。」

夏桑菊感激接過。

是的，他沒猜錯，黃予思真的不是為了借書。

黃予思再也沒説話，兩人靜靜地坐着，但夏桑菊不知不覺便已感受到安慰。

咬了半支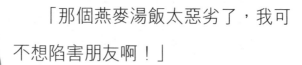肌餓感減輕很多，增添了

熱量的夏桑菊，忍不住問了一個有口難言的問題：

「乳豬，你說呢，我是不是一個很失敗的人？」

「失敗？何以見得？」

「我做了很多事，希望獲得別人的讚賞和認同，也希望自己成為受歡迎的學生，但總是事與願違。」

黃予思沉思了片刻後問：「你做的那些事，是你為了自己而做，還是為別人而做？」

夏桑菊不明所以：「有甚麼分別？」

「分別可大了，我爸爸告訴我，

做人最重要是**忠於自己**。」

「忠於自己？」

「爸爸説，他經營的餐廳，就算如何努力去做到**盡善盡美**，顧客們總有不滿。」黃予思想到甚麼就笑：「不滿意座位太狹窄啦、不滿意餐牌內沒有列明食物卡路里啦、不滿意不能攜犬內進啦、不滿意下午茶餐只供應到六時啦⋯⋯還有其他一千項不滿。」

夏桑菊想想也對，其實，他對每一家餐廳也有不滿。令他最不滿意的，莫過於吃套餐叫凍飲要加三元，令他百思不得其解。

黃予思說：「爸爸對我說：『無論你做甚麼，做了很多，或只做很少，甚至甚麼也不做，也會惹來別人不滿。』」

　　她的聲音頓了一下，續說下去：「所以，他提醒我，既然一個人做甚麼也無法令所有人滿意，那倒不如，只做忠於自己的事就好了。」

　　夏桑菊專注聽完她的話，不住地點頭。

　　在他印象中，黃予思爸爸黃金水是個搞笑人物，有

他出現的場合，所有人都會得到歡樂。卻沒想到，金水叔叔卻有洞悉世情的「民間智慧」。

夏桑菊恍如得到了巨大的支持，一挺胸膛說：「是的，做人最重要還是忠於自己，我不應該為了自己做得正確的事而後悔。」

黃予思向他豎起大拇指，以示支持。

他大大吁了口氣，心頭釋放了大量的負能量，整個人明朗起來了。

因有一大堆學校通告要派發給同學，班主任安老師請男女班長去校務處走一趟。

蔣秋彥和夏桑菊走向校務處的時候，她突然省起甚麼，慌張地對他說：「我剛才把傘子遺留在小賣部了。」夏桑菊叫她快去找，他自己先去校務處。

當他幫助安老師將各種通告分類，難得跟安老師有獨處機會，他忍不住問：「安老師，不知道我可不可以問你一個問題？」

安老師看看這個覷覰的小男生，她溫和笑了：「問啊。」

「安老師，班上有很多男生的成績也比我好，就好像去年考全級第三的呂優、考第三十三的孔龍……但為甚麼，你要選我做男班長呢？」

「也不一定要成績優異的學生，才可以當上班長啊。」

「這實在說不過去啊。」夏桑菊滿腦子是問號。

安老師見他一臉狐疑，向他透露了一個秘密：「大學畢業後，我去了群英中學任教中國文學，所以，對那一屆的學生印象特別深刻。五年前，群英小學正式創校，我便轉職到這裏任教中文。直至今年開學，我翻閱一下學生手冊的資料，竟發現夏迎

峯是你父親，感到一陣親切。」

他驚異不已：「安老師，你教過我爸爸？」

安老師笑瞇瞇地說：「對啊，夏迎峯是個勤力的學生。所以，我相信他的兒子應該也挺不錯的。」

他瞪大眼睛，吃驚地說：「原來是這樣啊。」

嘻，他大概估算到，安老師現在幾多歲了。

「我相信你一定能夠勝任，也會盡忠職守為同學服務，所以選你一試。」

「一定會！」他感謝地說：「我做得

不好，爸爸可不會放過我吧！」

得知自己成為男班長的真正原因，令夏桑菊**沾沾自喜**，覺得既開心又光榮，他決定要做好這個職務，不負安老師所託。

他和蔣秋彥捧着一大沓影印紙回到課室，他自動請纓的替蔣秋彥多拿半沓。捧着那沓又厚又重的通告，他用下頷頂着最上面的一頁，讓自己容易行走。

蔣秋彥不好

意思地説：「小菊，很對不起，我幫不上甚麼忙。」

看看她手裏的通告，縱使只有兩三百張，但也拿得頗為吃力。

他搖搖頭笑：「我媽媽説，女孩子的力氣有限，男孩子應該主動幫忙。」

「你有個善良的媽媽。」

「才怪，我的媽媽非常兇惡啊。」

蔣秋彥呆一下，以為自己聽錯：「兇惡？」

「對啊，她真的很兇惡。」他苦笑説：「在我家裏，所有人也要聽從她的指令，否則她會大發雷霆，我和爸爸常常活受罪！」

蔣秋彥真的意料不到，但她得體地不加添意見，向他釋出了憐憫一笑。

夏桑菊突然發現甚麼，驚呼一下：「蔣秋彥，你的傘子在哪裏呀？」他剛才明明見到她把找回的長柄傘帶進校務處。

蔣秋彥吐了吐舌頭，叫苦地說：「哎啊，我把傘子留在校務處了！」

夏桑菊終於發現了蔣秋彥的另一個缺點，原來，除了說話「陰聲細氣」，她更是個出色的冒失鬼。

但這個發現，卻令同樣也是千瘡百孔的他，感覺自己靠近她多一點了。

第3章

乖乖女的心事

經過評判選拔，方圓圓幸運地得到了《天鵝湖》白天鵝公主的角色，每天都積極備戰，準備一星期後的比賽。

當然，她也知道這是個**千載難逢**的機會。尤其，以她令人發噱的身材，居然能夠擔當第一女主角，本身已是一項成就了。

至於，蔣秋彥則獲派為**黑天鵝**角色，是劇中的第二主角。兩隻「鵝」一到

放學，便走到舞蹈學院加緊排練。

　　直至，一眾排舞的女生相繼離開，只有蔣秋彥和方圓圓留到最後，練了整整兩個小時，二人攤坐在玻璃牆前，雙腿痠痛好像不再屬於自己了。

　　方圓圓忽然說：「彥彥，我有個問題一直想問你，你要老實回答我啊。」

　　蔣秋彥看看愁眉深鎖的方圓圓，她心驚地説：「你讓我緊張起來了，你問啊！」

　　「你也渴望做白天鵝公主，最後評判卻選了我，其實，你會不會介意？」

　　蔣秋彥呼了口氣，原來是這回事，她笑着説：「當然不會啊！」

　　「但你告訴過我，做白天鵝公主，是每位芭蕾舞者的終極心願！」

　　「我的確有説過那句話。」蔣秋彥見排舞室空蕩蕩的，決定暢所欲言：「但我沒有告訴你更重要的事。」

　　「甚麼？」

「我根本不喜歡芭蕾舞，也不想成為一個芭蕾舞者。」

方圓圓一臉意外地看着蔣秋彥，在窗外夕陽映照下的金色舞室，她的眼神有點落寞：「我想報讀的，實際上是另一個舞蹈課程，但我父母強烈反對。但由於我真的很想習舞，到了最後，父母替我選了芭蕾舞。」

「那麼，你本來想學的是——」

「Hip-Hop 街舞。」

「Oh! my god!」

方圓圓睜圓了雙眼看她，再加上她圓嘟嘟的一張臉，讓蔣秋彥覺得這位朋友真的很可愛。

　　她失笑說：「喂，你為何這樣望我？」

　　方圓圓仍是**合不攏嘴**，她真的太

驚訝了：「你是乖乖女啊，跳 Hip-Hop 街

舞，好像跟你的形象格格不入吧？」

　　「所有人看到的我，只是冰山一角。」

蔣秋彥聳一下肩，苦笑着說：「向好的一方面去想，我安慰自己，用芭蕾舞作為踏腳石也不是件壞事。我學好了基本功，將來若有機會跳 Hip-Hop，也該跳得比別人好的吧？」

「你真是個樂觀的人啊。」方圓圓應道，但她的一張臉有點兒失望，欲言又止的。

蔣秋彥斜瞄一下方圓圓，想到了甚麼：「你忽然問我這個問題，不會想做退位讓賢那種傻事吧？」

方圓圓勉力苦笑一下，避開了好友的目光。

第 **4** 章
東邪西毒式的肚痛

　　自從胡凱兒退回修理電腦的錢後，夏
桑菊都不和她交談了，但這天午飯後，他
發現胡凱兒很不妥。

　　上數學堂的時候，當每個同學也專心抄
寫着陸老師寫在黑板上的乘法公式，他卻發
現身旁的胡凱兒停了筆，一手按着肚子，咬
着嘴唇，唇色和臉色也同樣地慘白。

他忍不住慰問她一
下：「你沒甚麼事吧？」

$$369 \times 2 = 738$$

「沒事。」

「你是不是鬧肚子呀？」

「你很煩，少管人家的事。」她卻把
一句生氣的話說得**氣若游絲**。

夏桑菊心想，課堂才開始了十分鐘，
她要是想待到轉堂才去洗手間，也是要命
的事吧。

他迅速想到辦法，舉起手來，陸老師
問他何事，他說：「老師，我要

去洗手間。」

　　陸老師是一位永遠板着臉、不苟言笑的教師。他托一托粗黑眼鏡框，不客氣地詢問：「午息完結前，為甚麼不去？」

　　夏桑菊捧着肚子，咬牙切齒的裝痛：「我突發性的拉肚子，很有可能是食物中毒了。」

　　陸老師皺一下眉，便揮手叫他去。夏桑菊在桌底下偷偷踢一下胡凱兒的鞋子，她也識趣地舉起手來，示意她也想去洗手間。

陸老師見胡凱兒那副蒼白的面孔，心想她比起夏桑菊還要嚴重，即時放行。

姜C見兩人開開心心跑出教室，他也舉起手來，興奮地說：「陸老師，我也中毒了，我要去洗手間！」

陸老師一瞅這個笨蛋，面無表情地說：「你中了甚麼毒？」

「東邪西毒！」

「那麼，你不用去洗手間了，用內功把毒素逼出來吧。」

戰敗的姜C軟弱無力地垂下手，全班卻捧腹大笑起來。

當胡凱兒走出洗手間，只見夏桑菊站

在長廊前在等着她。

她擦過他身邊，白他一眼説：「你在等我的一句多謝嗎？我不會多謝你的。」

見她的臉色已回復正常，他安慰地説：「我沒有要你多謝。」他把一個滿是細粒藥丸的小膠樽，遞到她面前。

「我之前腸胃不好，爸爸給我傍身的，你就吞服一粒吧。」

胡凱兒看着他掌心上的小膠樽，輕輕嘆口氣，伸手接過了，沒説道謝便步回課室。

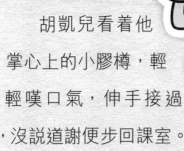

　　夏桑菊在她後面跟着，為了她願意接受他的好意而稍感安慰。

　　轉堂的時候，**打抱不平**的他，追問胡凱兒：「我見你在午息時只吃了兩個麵包充飢，一定是麵包有問題吧？我替你出頭，致電給食環署報告一下，説不定可以救回很多無辜市民啊。」

　　「不用，你不要**多管閒事**。」

　　「我是班長啊，課室裏發生的任何事，對我來説也不是閒事，全是我的份內事。」

　　是的，得知安老師推選他做班長的原因，夏桑菊變得很樂意履行班長的職責。

　　但胡凱兒還是**一口拒絕**了。

　　夏桑菊想到甚麼，拿了一支筆，就走到壁報板下的垃圾箱，用筆管撥撥挖挖的，從一堆鉛筆刨碎之下，找到了那個麵包店的膠袋。

　　坐回座位，他洋洋自得地說：「以我那種福爾摩斯的腦袋，已發現那家麵包店叫『幸福包包』。」

　　胡凱兒用一雙大眼瞪着他，「你這個人到底煩不煩呀？為甚麼就是要多管閒事！」

　　「你不也在多管閒事嗎？」他不服氣的笑了。

　　沒想到，放學

的時候，夏桑菊正準備踏出校門時，胡凱兒從後追過來，她看起來**氣急敗壞**的，完全也不像她平日的行徑，讓他嚇一跳。

「夏桑菊，你不是真的準備投訴那家麵包店吧？」

「還未決定啊，但我可以在美食網站提醒別人要**小心黑店**。說不定會令它們更注意食物品質……我也在幫你啊！」

「要是你真心想幫我，此事別追究。」

「為甚麼？」他百思不得其解。

胡凱兒用牙齒咬着下唇，臉上現出了非常為難的表情，她輕輕說了句：「因為，那是我爸爸開的麵包店。」

　　夏桑菊當堂瞠目結舌，完全不懂反應，胡凱兒彷彿把話說開了，順暢地說下去：「我不想浪費店內賣剩的麵包，總愛把過期麵包當作早餐和午餐。剛才吃的那個麵包，想也放太久了。」

　　夏桑菊覺得情況真是窘迫到了極點，他連臉和耳根都紅了，把雙手插進褲袋內，

急忙轉口風說：「原來如此，我明白了……

不過，你以後也要小心，別吃壞肚子啦！」

　　胡凱兒強笑一下說：「那好吧，沒甚

麼了，明天見。」

　　「明天見。」

　　然後，她逃也似的走了。

　　剛走出校門的黃予思，上前問夏桑菊：

「胡凱兒拉着你説甚麼？」

夏桑菊真想把事情始末告訴黃予思，但他決定替胡凱兒**保守秘密**，他聳聳肩地説：「她只是提醒我，做人別太自以為是。」

是的，他的**自以為是**，居然令她被迫吐露了家庭境況，這次不用她來提醒了，他知道自己真是個**笨蛋**。

黃予思説：「你們真是一對**歡喜冤家**啊。」

「我倒看不出有甚麼值得『歡喜』的。」

夏桑菊**滿心苦澀**地説。

第5章

死刑執行者

　　還有三天，芭蕾舞比賽就要舉行，方圓圓一直心緒不寧。

　　雖然，得到呂優和蔣秋彥等人支撐，方圓圓一度頹喪的心情得到了極大舒緩，可是，首度面對重要的公開比賽，且加上她就是全劇的焦點，壓力仍是大得難以想像。

得悉自己做了女主角之後，她刻意地節食減肥，但比賽前的這幾天，不用刻意節食了，她根本甚麼也吃不下。試過多吃一點，**五臟六腑**已像倒轉了，她只好

衝進廁格對着馬桶大吐特吐起來。

當她嘔吐得連內臟也掏空了，全身軟趴趴的，慢慢蹲到門前去，把後腦重重挨在門前，閉上雙眼，竟有一陣難能可貴的平靜。

這個三呎乘六呎的小小廁格，竟成了讓她最安心的庇護所。

方圓圓知道，她真的敵不過自己的恐懼。恐懼簡直像一個比一個厲害的巨浪，要把她整個人淹沒為止。

　　她像一個泳術再好但體力不支的泳手，慢慢放軟手腳，不想作無謂的掙扎了。

　　從舞蹈學校乘搭巴士回家，上層全滿，方圓圓被迫坐在下層最後的一排。若説巴士上層的第一排座位是最高風險的地帶，那麼，下層的最後六人位，就是最折磨乘客的地帶了吧？只因水箱就在座位後，只要車子行駛了一陣子，水箱的熱力就足以讓座位發滾，坐在那裏，就像置身蒸汽爐。

　　更何況，一排六個人並排而坐，身材胖胖的方圓圓無所遁形，一屁股坐下去，旁邊五人就像被擠壓出來的暗瘡，一個個

把身子傾前，情況狼狽。試多幾次，她就學乖了，只敢用後半個屁股坐，故意讓自己疏遠，心裏卻苦不堪言。

當她心情糟透之際，一把聲音喚住她：「圓圓！」

她顧盼四周，最後在樓梯口發現了探出身子的呂優。呂優向她微笑了，「上層還有一個空位，上來！」她整個人輕鬆起來，被他從危難中

解救了。

　　呂優與她並肩坐在後排的座位，她奇怪問他為何會坐這輛車？呂優說他也在學校附近補習，剛剛才下課，比她早一個站上車，在上層見到她冒上來張望的臉。

　　方圓圓給他的話嚇了一跳：「你這種全班第一的成績，也要補習嗎？」

　　呂優幽默一笑：「會不會是，由於我經常去補習，才會得到全班第一的成績？」

　　方圓圓嘻嘻笑起來。

　　呂優側過頭看她一眼，「你整個人瘦了一圈，練習很辛苦吧？」

　　方圓圓沉默一刻，她

坦白了心聲：「其實，練習也不算很辛苦，我已將全劇的舞步倒背如流了。可是，這一刻的心情，就像我正走向執行死刑的刑場，由我這個劊子手親自執行死刑，把那個身為死囚的我處死⋯⋯我的辛苦就是這種辛苦。」

呂優思考着那個抽象的情景，他了解地一點頭說：「你是無法面對台下的觀眾吧？就算觀眾之中一定也有疼愛你的朋友和支持者在內，你滿以為可以將壓力變成動力。可是，越是接近演出的時間，你卻發現原來不能夠，動力又變回了壓力。所以，你覺得

消極又辛苦，對吧？」

　　呂優一字一句，都像利針一樣的刺入
她心裏去，她雙眼一紅，對他說：「**你
太明白我了。**」

　　「誰叫我遇過跟你同一樣的心情啊。」
呂優說：「只不過，參加過多場比賽後，
我有個**戰勝心魔**的心得。」

　　　　　　　　「可以告訴我嗎？」

　　　　　　　呂優充滿熱誠地

　　　　　　　說：「沒問題，我將

　　　　　　　出賽經驗傳授給你。」

第**6**章
男女大混戰

　　這一天，小三戊班的課室內，爆發了開學以來最大的衝突。

　　午息時分，距離上下午課還有十分鐘，黃予思正在趕寫着一篇中文週記，以便在上堂時可順利遞交。

　　突然之間，嗤的一聲笑聲在身邊響起，她轉過頭一看，竟是站在後頭偷看着她在寫內容的孔龍。

　　黃予思馬上合上了週記簿，生氣地問：

「你在偷看甚麼？」

孔龍路過了她座位，邊笑邊說：「我只是剛好路過，不小心看到罷了！看到這樣不堪入目的內容，我真要買一支眼藥水洗眼啊！」

「你別那麼過分了！」

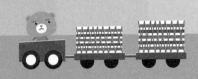

「我有甚麼過分了？因為你在週記裏寫，你長大的志願是當女機師？」孔龍故意在全班面前公開挖苦她。

　　黃予思面紅耳赤：「你說夠了沒有？」

　　「就別說女機師了，就算是女司機駕駛的巴士，我也嚇得不敢乘搭呢！」孔龍說：「給你一個提議啦，你不如當空姐，給乘客們送送餐、搬搬行李不就好了？」

　　孔龍高談闊論的，滿以為會得到其他同學認同，沒想到大夥兒都噤聲，氣氛好像有點不對。

　　孔龍轉向呂優，尋求認同地說：「我有說錯嗎？她們這群女生，天生就是弱者啊！」

　　雖然，呂優和孔龍是好朋友，而呂優對孔龍也總是言聽計從。然而，他這一次對孔龍的話不置可否，只能報以一個苦笑。

　　孔龍不尊重女孩子的言論，讓課室內的女生覺得反感，但由於說話的人是孔武有力的孔龍，她們有所顧忌，也只能敢怒不敢言。

　　但是，作為「女主角」的黃予思不這樣想，給惹火的她，想也不想就反擊：

「我倒覺得，你們這群男生，天生就在裝作強者！」

這一句：「你們這群男生——」也挑動了班上男生們的神經，大家也停下了交談和手頭上做的事，誓要討回公道。

十項全能的運動健將曾威峯，首先表達了他的不滿：「你說我們男生裝強，但女生們不也總要依靠男人嗎？」

正撓着長曲髮束成辮

子的 KOL，翻了翻白眼刻薄地説：「這我可完全不同意啊，在我母親大人的公司裏，所有高層都是女人，男人只有影印和洗廁所的份兒。」

姜 C 也發聲了，他説得頭頭是道的：「你説中了重點，女人不能取代男人在男廁洗廁所的，所以，拿着鮑魚刷的男人就是強者！YEAH！」

他伸開雙臂高呼：「I'm the king of the World！」

蔣秋彥見愈吵愈烈，希望替兩邊平息風波：「男生和女生也各有各的好，沒有誰比較強啦……」

曾威峯作了個把掌心貼在耳後的手勢，暗示蔣秋彥說話**氣若游絲**：「女班長，你在說甚麼啊？我完全聽不到啊！」

班上有一部份男生發出了嘲笑聲。

73

方圓圓知道敵不過男生們，她轉向在座位裏掃平板電腦的胡凱兒，情急之下冒出一句：「胡凱兒，你要替我們女生出頭啊！」

胡凱兒對這些無聊的炮嘴不感興趣，只想**置身事外**。孔龍卻難得地抓到機會，趁機公開挑戰。

他趾高氣揚地道：「對啊，你們不是説女生不是弱者嗎？就讓這位有可能是班上最強的女生，代表你們跟我拗手瓜鬥一場！上一

次，我因手臂受傷才會輸掉，今次正好可一決雌雄！」

女生們也好像找到了明燈，大家圍着胡凱兒，將所有寄望放在曾經擊敗孔龍的她身上，但願她再一次好好教訓這條史前大暴龍！

胡凱兒給各女生像烏蠅般在頭頂上纏着，表現不厭其煩。孔龍加倍挑釁地道：「害怕了吧？那就證明我的話説得沒錯——女、生、天、生、是、弱、者！」

「讓我來！」

所有同學也循着聲音的來源看去，不是胡凱兒，也不是任何女生，是一直靜靜

站在窗前看風景的夏桑菊。

　　孔龍忍不住爆笑：「夏桑菊，你不是該站在男生這邊嗎？你一直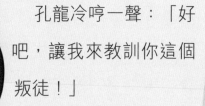嗎？」

　　「我比較認同，女生不是弱者。」

　　孔龍冷哼一聲：「好吧，讓我來教訓你這個叛徒！」

　　黃予思走過來，瞪大眼問：「小菊，孔龍的手瓜比起你的腳瓜更粗，你想找死？」

　　「他一直欺負

女生，我一早看不過眼了。」他從黃予思的臉，轉向孔龍臉上，冷靜地說：「我運用班長的職權作出處分，他又會說我是膽小鬼，到最後還是難免一戰吧！」

孔龍揚起一道眉，對他另眼相看的讚許：「很好，你終於像個男人似的上戰場決鬥了，雖然你會輸得很慘，但也雖敗猶榮啊！」

這時候，一直不動聲色的胡凱兒走過來了，她小聲地說：「笨蛋，你知道自己在做甚麼？你不可能贏他！」

夏桑菊用只有胡凱兒才聽到的聲線說：「我根本沒打算要贏，只想消耗他的氣力，

讓你倆比試時，你會多一點勝算。」

胡凱兒頓時明白了他真正的想法，她心頭一軟，怔怔地説：「你這個人真的瘋了。」

他豪爽一笑：「你不是説過，做人要 **不拖不欠** 嗎？我只是歸還自己虧欠你的。」

孔龍和夏桑菊在一張桌前面對面坐着，兩人將右手手肘放在桌上，另一隻手則放置在桌邊握把，擺好比試的姿態。

姜 C 不知從哪兒蹦了出來，關心地問：「菊菊，你有沒有甚麼遺言要留下啊？」

夏桑菊認真想了三秒鐘，説了重要的遺言：「我終此一生最討厭羅宋魚柳燕麥飯！」

「好的，我會替你刻在墓碑上，你放心去啦！」

比賽開始前，夏桑菊腦海中又浮起那個骨頭粉碎的恐怖畫面。然而，一想起胡凱兒噴鎮痛劑時，臉上那種痛苦不堪的表情，他知道自己今次無法不排眾而出。

比賽開始，教人恐怖的是，他握着的好像不是人的手臂，簡直像街上的一支路燈鐵柱，完全紋風不動！

不止這樣，那支路燈彷彿正倒向他，他拼盡了全身的氣力，但死命也扭轉不了劣勢，一張臉漲紅得像關公，頭皮也冒出了汗珠。

他贏不了，就算懷着萬分之一的僥倖之心，他也改變不了戰果，手臂仍是往桌面上壓下去。

眼看自己的手背就要碰到桌面，實在太對不起每一位合十雙手為他祈禱的女生們。就在比賽即將結束的一刻，站在

80

課室門外把風的黃予思大喊一聲：「訓導主任步上三樓走廊，正走向我們！」

全班同學即時陷入恐慌，亂成了一片，各人急忙把攜帶回校的手機或平板電腦、遊戲機、零食和違禁品收好，否則難逃沒收和被重罰的命運。

孔龍和夏桑菊也第一時間放開了對方的手，免得被這位新上任的訓導主任大興問罪。

黃予思探頭在門外靜看了半分鐘，對全班鬆口氣地説：「訓導主任從三乙班走出來，轉身上了四樓的樓梯，危機解除。」

　　眾學生的緊繃也一下子消除。

　　孔龍又把手肘放回桌上，想要延續剛才未完的賽事，在一旁靜靜支持着孔龍的呂優，此時卻開口說：「恐龍，夠了。」

　　「當然不夠，我一定會贏。」

　　呂優伸出手去，把他的手心按在孔龍的拳頭上，瘦弱的他連手掌也顯得特別細小，只包裹到孔龍半個拳頭，他微笑地再說一遍：「夠了，這樣打和不是很好嗎？」

　　孔龍抬眼再望望呂優，眼中的暴戾慢慢消失了，他好像如夢初醒地說：「是的，打和就好。」

　　兩人交換了一個笑容，同意此事就此

作罷。

　　孔龍轉向夏桑菊，露出由衷讚嘆的表情說：「男班長，沒想到你是個好對手，我贏出比賽的時間平均是三十六秒，你過了起碼一分鐘，我佩服你。」他識英雄重英雄的，向夏桑菊伸直了右拳。

　　夏桑菊的右臂好像不是自己的，完全無法舉起右手來，他只好用左手跟孔龍擊了拳。

　　上課鐘聲響起，各人回到座位準備上課，黃予思得勢不饒人：「孔龍同學，你是不是忘記了甚麼？」

　　孔龍走到黑板前，環視着全班同學說：

「好了，我要向黃予思同學鄭重道歉，祝她的心願順利達成！我也要向女生們道歉，你們不是『所有女生都是弱者』，只有一小部份是弱者罷了！正如有一小部份男生是『天生就裝強者』！」

姜C見到孔龍的視線掃向他，他用雙手掩上眼臉驚叫：「你看着我做甚麼？你怎麼知道我就是那一小撮柔弱的女生？」

這一次，全班同學也肯收貨，各人拍

起掌來，孔龍做了一個上台拿獎學金的優等生向眾人敬禮的姿勢，一臉滿足地坐回他的座位去。

夏桑菊路過黃予思的座位時，她向他眨一下眼。他一開始不明所以，幾秒鐘才想通了，剛才根本沒甚麼訓導主任，從她站在門前把風的一刻起，一切都是她操控賽果的戰略。

他驚覺黃予思的**睿智**。事實上，沒有她使詐，及時地休戰，他只差十秒鐘就會輸掉了。

夏桑菊跌坐回位子裏，鄰桌的胡凱兒說：「你真的上網

看了教學影片，也算得上是自學成功了。」

「我沒看過。」

胡凱兒這才側過臉看他，用一雙驚異的大眼看他：「那麼，為甚麼你能夠撐到那麼久？」

「我不知道。」

「你**瞼如死灰**，是不是很痛？」她皺着眉，伸手一碰他的右臂，他如遭電擊的縮起了身子，差點連人帶椅一同翻倒地上去。

胡凱兒連忙縮手，她看着他的右手，擔憂地說：「你恐怕要去求醫了。」

「不用吧？我放學去買一支鎮痛噴霧

噴一下就可以了？」

　　她瞇着眼看他的虎口位置，告訴他説：
「你不像普通扭傷，我知道有一個厲害的
跌打師傅，帶你去。」

　　下午課那三堂，夏桑菊痛得連筆桿也
提不起來，胡凱兒主動代勞，替他抄寫了
老師講的筆記。

　　其實，椎心的痛令他想伏在桌上大哭
一場，但身為一個男生，
他才不會容許自己在
女生面前流出**第一
滴眼淚**啊。

第7章

最討厭的就是自己

　　放學後，胡凱兒帶着夏桑菊乘車去北角，隨着她走進一個**十舖九空**的小商場，只有一家店子亮着白色燈牌。

　　胡凱兒説：「我小時候住這一區，我爸爸每天一早要搓麵粉、攪拌、發酵烤焙等做麵包的工序，一做十幾小時，手部勞損很嚴重，手臂痛得抬不起來，是這位骨科跌打師傅治好了他。」

　　夏桑菊痛得嘴唇發白，他慘笑地説：

也地產
招租
44 XXXX
何生

セセ地
招租
2733 XX
葉太

勞勞地產
招租
6284 XXXX
謝太

蘇蘇地產
招租
2544 XXXX
王小姐

「我得救了。」

　　跌打師傅一身白衫黑褲，像個龍虎武師，他推拿着夏桑菊的掌心、手指和手腕，認定他是手骨輕微移位。然後，在閒談之間，師傅用迅雷不及掩耳的速度，一扭一屈他手腕，發出了極響亮的咔嚓一聲，已把手骨骨骸移正了。

夏桑菊的手痛即時銳減八成，他的慘笑變成了真心的笑。

跌打師傅替夏桑菊敷藥和送了一支跌打酒。

「替我向你父親問好。」師傅看看夏桑菊，對胡凱兒說：「也謝謝你把朋友帶來啊。」

胡凱兒半真半假地說：「我們可不是甚麼朋友，他非常討厭我。」

兩人走出了商場，走到附近的北角碼頭，胡凱兒準備搭渡輪回觀塘的家，

下一班尚有十分鐘才開出。路經一部飲品自動販賣機的時候，夏桑菊請她喝汽水。

兩人拿着罐裝飲品，站在碼頭欄杆前眺望大海，夏桑菊忍不住問：「為甚麼，你覺得我非常討厭你？」

胡凱兒凝望着大海，似笑非笑地說：「我剛才只是說笑而已。」

「告訴我啊。你一定非常討厭我，才不要跟我做朋友。」

胡凱兒搖了搖頭，轉過頭直視着他說：「開學第一天，我聽見你跟黃予思高談闊論，說我是個非常古怪的人，請問我有甚

麼古怪？」

　　夏桑菊臉上霍地一熱，原來她當時聽到了。她對他總是愛理不理，就是這原因了嗎？

　　他只能老實相告：「我覺得你非常古怪，主要的原因，是我極少見到女生愛吃薯片，又愛喝汽水。」

　　「我不是女生。」

　　「嗯？」

　　「我根本甚麼也不是……對了，我為甚麼要對你説這些呢？」胡凱兒搖一下頭，晃了晃手中的

可樂，自嘲地說：「總之，我不明白你為何要強調我是女生這回事，男生可以嚼薯片和喝汽水，女生為何不可以？」

他回答不出來。可是，他卻知道自己惹了她反感和介懷。

「我說了傻話，很對不起啦。」夏桑菊衷心道歉：「我真的沒有討厭你，請你跟我做朋友吧。」

沒料到，胡凱兒說得決絕：「我不打算跟任何人做朋友。」

「沒有朋友，你不會不開心嗎？」

「有了朋友，你就會很開心嗎？」

「起碼，我有不開心，可以告訴朋

友。」

聽到了這句話，輪到胡凱兒不出聲了。

夏桑菊保持樂觀，逗笑着説：「沒問題，我把你當作朋友，你喜歡的話，就按一下『確定』吧。」

胡凱兒露出煩厭的神情問：「你到底明不明白？」

「説真的，我一點也不明白。」

「你真是笨蛋。」

夏桑菊用手在臉頰上畫了個@，像個笨蛋的苦笑説：「你就當作同情我這個人太笨，跟我耐心説明一下，可以嗎？」

胡凱兒用一雙大眼盯緊他五秒鐘，好像下了甚麼重大決定的説：「你知道，我的名字的意思嗎？」

　　「**胡凱兒**。」夏桑菊唸了一遍：「你名字很好聽啊……但名字的意思，我猜不到。」

　　「『凱』，意味『歡樂』，你聽過『凱旋歸來』吧？」她的表情冷肅起來：「我爸爸一直想要一個兒子，但生下了我姐姐，又生下我，兩個都是女兒。他便改我的名字『凱兒』，希望第三胎會『歡樂地誕下麟兒』。」

　　夏桑菊**張口結舌**的，半句話也騰

不出來。

「所以，我是不重要的，甚至說，我可有可無，是多出來的一個，根本不值得存在。」胡凱兒說：「後來，我的弟弟出生了，我更變成了一個隨從，隨傳隨到的。他每次轉去一間更好的學校就讀，我也會隨着他轉去那個地區的學校，爸爸說是方便照應弟弟……但誰來照應我？」

說到這裏，胡凱兒眼眶中浮起一層霧，夏桑菊嚇得手足無措，他身上又沒有紙巾，

情急下説：「你千萬別哭！你的眼睛很大，流起淚來，就像海嘯來襲啊！」

「笨蛋！」胡凱兒破涕為笑，她把臉轉回大海，用手偷偷擦了一下眼角。

兩人並肩的看着泊岸的湧浪，過了一分鐘，胡凱兒的聲音平靜下來，告訴他：「我明年又有可能轉去另一家小學。這家群英小學的同學，全部都會不相往來了。」

夏桑菊總算明白到，胡凱兒討厭自己像個足球的給踢來踢去，卻又身不由己。

他問：「你的想法是，由於害怕將來會失望，現在就故意不讓自己交朋友嗎？」

她賭氣地反問：「不可以嗎？」

「也不是不可以。」他耐心地說：「是的，縱使你明年也有可能轉校，但現在仍剩下一整年的時間，對吧？」

胡凱兒點了點頭。

「那麼，做為期一年的朋友，如何？」

她苦笑：「為期一年的朋友？」

「就像去圖書館借書，在借閱期間，你可以好好享受那本書，到了限期，無論你看完也好，讀不完也罷，你便去還書好

了。」夏桑菊向她鼓勵一笑：「當然，要是你真的很喜歡那本書，也可考慮續借下去的啊。」

胡凱兒**忍俊不禁**，真受不了他「超市貨品推廣員」的推銷口吻。

他努力逗她笑：「但是，千萬別忘記還書，逾期要罰款。聽説，有個意大利人十五年後才記得歸還，罰了相等於一部手機或一百三十個 pizza 的價錢……你別笑，**真人真事**！我聽到都肚餓了！」

終於，胡凱兒忍不住

露出了笑容，她應該很少笑，笑得有點不太自然，但兩邊酒渦還是跳了出來。

當見到她笑了，夏桑菊卻止住了笑，他點一下自己的臉頰，憐惜地說：「其實，你應該多笑一點，不是每個人也有酒渦啊。」

她馬上收斂了笑容，酒渦便沒了，彷彿有點不好意思的說：「我也不喜歡自己

的笑渦。」

「你知道嗎？其實啊，你非常喜歡自己。」

「咦？」

夏桑菊告訴她：「你非常喜歡那個甚麼也不喜歡的你自己。」

胡凱兒怔了半晌，想說甚麼反駁的話，但最後抿起了嘴巴。

渡輪來了，夏桑菊送胡凱兒到碼頭閘口，她拍了八達通入閘後，轉身向他，忽然說：「那個拗手瓜比賽，我知道你為何能夠撐那麼久。」

「為甚麼？」

「因為，你就是那一小部份裝強的男生。」

「你怎麼知道？」

「你裝得很像，將所有人都騙倒了，但我還是一眼看得出你是冒充的。」她說：「我怎麼知道？我就是知道，只因我也是一直不肯飾演弱者的女生。」

「原來，我倆也騙不倒對方啊。」夏

桑菊心疼地説。

胡凱兒向他粲然一笑，她的這個笑容比一開始時自然得多了。

夏桑菊朝她點一下頭，她便帶笑轉身跑進入口，沒有回頭。

目送着渡船開行，只留下一道慢慢幻化的白浪，他記起胡凱兒説過的話：「有時候，當你甚麼都沒有，你至少想得到一個希望，哪怕那個希望只有短短的一秒鐘。」

終於，他把一切弄明白過來了。

所以，他希望，非常非常希望，可以成為她的希望。即使，只得短短一年也好，只得短短的一秒鐘也好。

第 **8** 章

對着墳墓起舞

舞蹈比賽日，在這天正式舉行。

呂優一早去了沙田大會堂，遵守他對

方圓圓的承諾，購買票子作最實際的支持。

當他離開售票處，正好跟前去後台

準備的方圓圓打個照面。

　　兩人步向對方，方圓圓一陣感動，呂優笑着說：「我來了，你要加油啊！」

　　「我會**盡力而為**！」

　　「別太用力，當作平日排舞，效果更好。」他突然記起了甚麼，從背囊內取出一件小小的正方形禮物，遞給了她：「送

沙田大會堂
SHA TIN TOWN HALL

你小小的東西，祝你表演成功！」

方圓圓驚訝地道謝，那個用花紙包裹的禮物有點重量，她猜不到裏面藏着甚麼。

這時候，令她更驚奇的事發生了，她竟見到孔龍向他們的方向走了過來，呂優指指孔龍說：「我買了兩張門票，會跟孔龍一起看你表演。」

身形龐大的孔龍，穿着印有電影《侏羅紀公園》的暴龍T恤，此刻的他看起來竟多了一份觀覦。他呶了呶嘴角咕嚷道：「我甚麼

也不知道，只知道呂優叫我前來沙田的商場買遊戲碟。」

呂優撞撞他手踭，孔龍只好馬上改口：「當然，我也來替你加油，你要好好表演啊！」

「知道了，感謝你們。」

方圓圓真心笑起來，她也感覺到了，呂優希望藉着這一次，化解孔龍上一次喊她死肥妹和撞開她的無禮，她對此照單全收。

在方圓圓和蔣秋彥那一隊表演之前，有四隊表演過了，不諳芭蕾舞的孔龍看得愈來愈投入，終於輪到方圓圓的隊伍出場，他又不禁替方圓圓擔憂起來：「跳舞的女

生都是又輕又瘦的，方圓圓真有機會擊敗所有對手嗎？」

呂優搖搖頭，告訴孔龍：「到了最後，勝負的關鍵，在於誰可**擊退心魔**。」

「心魔？」

「每個人最大的對手，就是自己製造出來的心魔。」

紅色絨布打開，《天鵝湖》舞劇正式開始，方圓圓出場的時候，展示了 Arabesque en l'air 的舞步，即是以一隻腳趾尖為重點着地，同時把另一隻腳向後抬至九十度，觀眾們見到這名身材胖胖的女主角竟有如此功架，不禁發出了由衷的掌聲。

但是，方圓圓對台下觀眾的反應卻好像充耳不聞，沒有暗喜，沒有擔憂，也無期許。她就像跟整個世界相隔一道牆，只是依照着最標準的舞姿和程序，冷酷又冷靜地完成每一個劇目的環節和步驟。

她一直牢記着，呂優在巴士上告訴她的話：「要在比賽戰勝心魔，從上台的那一刻開始，你必須幻想着，台下的觀眾全都消失了，在座位上擺放着的是一個接一個的墓碑，他們無法傷害你的。你只

是送死者一支舞，好讓他們安息。」

是的，方圓圓彷彿從舞台上完全抽離了，變成自己獨個兒在墳場裏練習，台下的觀眾就是一排又一排的墓碑，她正為亡靈獻一場祭祀的舞。

接下來的十分鐘，方圓圓不把觀眾放在眼內，與此同時，把她差點壓死的心魔也消滅了。她忘我地跳，沒有壓力，沒半點迫於無奈，目空一切的，甚至連音樂旋律都化為烏有，她只是不加思考隨着感覺而跳，直至到最後一幕一下無聲而優雅的落地為止。

一切戛然而止，台下爆出歡呼聲，觀

眾們像骨牌般的站立起來，發出暴雷似的掌聲。

呂優看看一同站起來致敬的孔龍，孔龍臉上帶着一種敬重的莊嚴神情，他為了帶給好友這一幕而驕傲。

方圓圓和蔣秋彥含着淚眼的互視一眼，便拉起了群舞的同伴們，向觀眾們敬禮謝幕，掌聲歷久不散。

比賽過去，一切又重歸於平靜，方圓圓恍如失去了在舞台上的白天鵝公主光環，變回了一個眾人口中的肥妹。

可笑的是，饞嘴又餓足了整整半個月

的她，做的第一件事，就是買了個巨無霸漢堡套餐，還要把薯條和汽水加大，好好獎勵自己一番。

　　時值黃昏，當她獨自坐在大會堂前面的長階梯前，將整個套餐吃個清光，感到心滿意足之際，她突然記起，背囊內有呂優送她的禮物，剛才忙着更衣綵排一直沒拆開。當她撕着花紙的一刻，呂優出現了，坐到她身邊去。

　　「我一直在想，你會不會仍在這裏呢？那時候，每次比賽完畢，我都會在那場地留一會，靜靜地回憶一下，難捨難離的。」

方圓圓由衷感謝：「我用了你給我的心法，真的奏效了。」

　　「我也很愉快，因為，你已達成我無法做到的事了。」

　　「你無法做到的事？」

　　「記得我告訴你，我是個被老師、長輩和同輩們標籤了的芭蕾舞天才，我也一直在各項比賽中長勝，但我在一次比賽之前，刻意弄傷了自己的腿？」

　　「我當然記得。」

　　「其實，我只是害怕了。」

　　「你害怕甚麼？」

　　「你知道嗎？以單腳支撐原地旋轉的

單腿陀螺轉的最高紀錄,是一百二十一圈,

由澳大利亞一位女舞者所創。」

「我知道,舞蹈老師有提起過。」

「我當然沒那種高強的舞

藝,但我單腿陀螺轉也

做得不弱,我最高紀

錄,可一轉廿二圈。」

「那已經非常

了不起了啊!」

方圓圓瞪大了

眼,她轉到第六圈便

已煞停。

「就是那一次比

賽，我將要面對的另一個比起我更加天才的對手，他可面不改容一轉四十四圈。」

方圓圓大大吞了一口口水，一下子說不出話來。

呂優射出了一個不寒而慄的眼神，「所以，我害怕了，真的害怕了……就在比賽前，我刻意弄傷了自己的腿，逃避了跟那個可怕的對手一決高下。」

方圓圓想安慰甚麼，但她腦裏一片空白。

「我經常對自己說，誰也及不上我啊。但其實，那只是自說自話。我從來不敢向誰證明，我比所有人更好。」呂優側

着臉看方圓圓一眼：「可是，你卻做到了我無法做到的事，你不去逃避，你也向所有人證明你是最好的。」

方圓圓看到呂優雙眼盡是失落，她只能憐惜地看他。

「今天，**很想跳舞**。」呂優突然站了起來，振作起精神的説：「對啊，我從來沒有在你面前跳過舞，現在跳給你看。」

方圓圓瞪眼看看長階梯之下，是一個休憩公園的圓環廣場，有小孩子在玩滑板車、踏單車，也有咬着奶嘴、剛學曉走路的小嬰兒在追着泡泡走，混亂一片。

「在這裏跳？有很多人在看啊！」

「有幸看到一個**舞蹈天才**的表演，是他們一生人最大的榮幸！」

呂優氣傲的撅撅嘴角，急不及待的跳下階梯，佇立在人來人往的圓環前，即席踮起了球鞋，恍如有一條無形的線，把他整個人的重量提起來。

接着，他一躍而起，更在躍起的過程中把兩條腿前後交織相擊數次，讓方圓圓看得完全傻掉。

圓環上的途人，很快被這個小男生的驚人舞藝懾服了，眾人也停下了活動，自動自覺的讓開一個大圈讓他盡情

發揮，所有人都目不轉晴的，看得目瞪口呆。

　　方圓圓突然記起她捧在手上的禮物，把花紙撕開，是一個音樂盒。一打開木盒，《天鵝湖》的旋律便響起，一個跳舞女孩踮起腳尖，伴隨着音樂發條跳起來，不停旋轉。

　　然後，她再看看夕陽斜落下的呂優，他正用單腿做陀螺轉，一圈兩圈三圈的旋轉，看得方圓圓淚眼矇矓。

　　然後，恍如剪斷了線的木偶，呂優一失平衡，身子向橫倒下，呼的一聲撞在硬地上，引發了人們的嘩然。然而，呂優對

身邊的一切無知無覺，他知道自己大概也扭到腳踝了，但他心裏實在太痛快了，他忍不住哈哈大笑起來。

　　「傻瓜，你真是個天才，你的天才在於，你懂得在最好的時間適可而止。」

　　他看着暮色乍現的天空，自言自語說了那麼的一句話，然後，安詳地閉起了眼睛。

第9章
再見女生

　　九月的最後一天，學校規定家長要把新一個月的午餐餐單通告交回，在家中吃早餐的夏桑菊，一看媽媽替他剔選的餐單，又出現了他最討厭的羅宋魚柳燕麥飯！

　　升上小學兩年以來，他對媽媽選的餐單總是逆來順受，今天終於首度發聲：「媽媽，十月四日、十七日和廿八日的餐單，我想改一下。」

　　媽媽一邊看手機，一邊吃着爸爸替她

特製的英式早餐，抬起半眼的看夏桑菊：
「有甚麼問題？」

「我不想再吃燕麥飯，真的太難吃了。」

「**燕麥飯**很有營養。」

他指指那個教人垂涎欲滴的 C 餐，「C餐也有營養啊，在 A 至 E 餐之中，只有 C餐附有**水果**和**乳酪**。」

群英小學
午餐餐單通告

日期	星期	選擇	款式
4/10	一	A	A. 雞宋魚柳燕麥飯　B. 菜遠肉片飯 C. 火腿三文治*　D. 肉醬意粉 E. 西炒飯　*附水果和乳酪
/10	二	B	A. 生炒牛肉飯　B. 茄汁雞扒飯 C. 菜遠肉片飯　D. 魚柳漢堡包* E. 肉醬意粉　*附水果和乳酪
6/10	三	A	A. 洋葱豬扒飯　B. 洋葱豬扒飯 C. 蛋牛三文治*　D. 茄汁雞扒飯 E. 涼瓜牛肉飯　*附水果和乳酪
7/10	四	C	A. 豬柳漢堡包*　B. 茄汁雞扒飯 C. 免治牛肉飯　D. 粟米火腿意粉 E. 沙嗲肉片飯　*附水果和乳酪
	五	A	A. 粟米火腿意粉　B. 午餐肉三文治* C. 枝竹火腩飯　D. 菜遠肉片飯 E. 揚州炒飯　*附水果和乳酪

　　媽媽取過餐單紙一看，皺着眉説：「C餐是輕便簡餐，你在校外也經常吃漢堡包和三文治，在學校裏就該吃更有益的。」

　　每天負責做早餐的爸爸，一直背對着兩人在廚房沖熱飲，這時捧着兩個杯子走過來，把一杯熱荳漿放在媽媽桌前，替兒子説項。

　　「媽媽，小菊每天吃飯也很苦悶，每月才那麼兩三次，就隨他自選喜愛的食物吧，不會喪失太多營養的吧。」

　　夏桑菊得到爸爸支持，高興得不住點頭。

　　媽媽再看餐單紙一眼，堅決搖搖頭説：

「選哪個餐都是同一個價錢，當然要選飯或意粉，怎有可能選垃圾食物。」

夏桑菊反對她的話：「媽媽，小賣部去年已停售垃圾食品和飲品。午餐供應商也經過校方嚴格監督，不能賣垃圾食物吧。」

爸爸呷了一口咖啡，同意地說：「對啊，不會對健康構成負擔的啊。」

媽媽轉向爸爸，用力瞪了他一眼說：「夏迎峯！你也好不了多少！你每天喝多少杯咖啡？你知道你的三高快超標了嗎？」

爸爸縮了縮頭頸，像一頭受驚的烏龜，

他連忙改口風：「小菊，媽媽的話也有參考價值，既然今個月已選好了，不如下月再說吧？」

夏桑菊瞪大眼看爸爸，爸爸**一臉為難**，向他偷偷做了個下次再談的手勢，示意他對這事**息事寧人**。

臨出門前，媽媽好像不想放過夏桑菊，對他說：「小菊，你現在每一天也很遲才

回到家，不如乘搭回校車就好了。」

　　夏桑菊給嚇一跳，他是好不容易才獲得自由，現在又要「入監」了嗎？

　　他自辯着説：「學校附近的交通很擠塞啊……媽媽，你不是説，你在小學一年級時，就已經自行乘車回校嗎？你也會比較遲才回到家吧？」

　　「才怪，我每天用在交通上的時間，只要十五分鐘，每天也趕及回家看卡通片集。」

　　「怎有可能啊？」

　　「我每天也乘的士回校，又乘的士回家，比起乘搭校車更快捷。」媽媽像個沒

事人的説。

爸爸和夏桑菊互望一眼，爸爸忽然稱讚媽媽：「女孩子就是該得到這種優待啊！」

甚麼嘛？你對老婆的一切都是唯命是從的嗎？

在這個家中，有一個沒用的爸爸，真令夏桑菊頹喪不已。

經過一個月時間，夏桑菊和胡凱兒互相多了了解，終於成為一對和睦的鄰居。兩人在課堂前和轉堂時也談笑風生，他喜歡跟這個女生相處。

這個清早，胡凱兒做數學補充練習時，鉛芯筆又斷了，她伸手從夏桑菊的筆袋拿鉛芯。

　　他笑着說：「你不能不問自取啊。」

　　「你能拿我怎樣呢？」

　　「沒有怎樣。」他也從她筆袋內拿出塗改筆，用來修改要交的週記。

　　兩人談笑間，班主任安老師走進課室來，告訴大家新一個月要進行調位了。

　　胡凱兒笑着說：「真好，我不喜歡坐前排，希望可坐後一點。」

　　夏桑菊也不甘示弱地說：「我倒想坐前一點，專心上課，我今年要追成績。」

　　雖然，他説得輕鬆，但他心裏有説不出的難受。

　　安老師説：「好了，現在根據你們的座號，梅花間竹地調換座位吧。班上有三十人，即是 1 號跟 30 號同座，2 號跟 29 號同座，大家開始換位吧。」

　　全班同學各自提起了書包、站起身來自行調位，課室一下子亂成一團。

　　夏桑菊和胡凱兒一直計算自己要坐哪裏，然後二人突然發現，座號 15

和 16 的兩人，只是互換
了座位，變成了
16 和 15，重新
坐在一塊。

　　既驚愕又驚喜
的，但突然間，兩人都
不再說話了。

　　就像兩隻一同偷芝士的小鼠，但願可
以躡手躡腳成功返回洞內的那種忐
忑心情。

　　安老師見全班同學也坐好了，便拿起
了粉筆，轉身在黑板開始授課。

　　心跳一直加速的夏桑菊，終於大大吁

口氣。

「好了，我們今天學的是——」

「老師！」忽然間，KOL 打斷了安老師的話，她眼利的匯報：「男班長和胡凱兒沒有調位啊！」

安老師這才留意到原封不動的二人，她抱歉地請兩人跟其他同學對調一下座位。

將書本放回書包內的胡凱兒，突然之間用有點冷漠的聲音説：「太好了，終於不用給你煩住了！」

夏桑菊心裏一陣難過，用冷冷的聲音哼一聲：「咦，你是不是有讀心術？我正

好也是這樣想啊！」

「笨蛋！」她拿起書包即時離座，不讓他有罵回去的機會。

兩人不歡而散。

如願以償。他被安排到第一行的座位，而胡凱兒則被調到最後一行，兩人從此天各一方。

放學時，他走到飲品自動販賣機前買了可樂，邊喝邊等巴士，忍不住一個打嗝。排在他前面的一個嬸嬸轉過頭，向他投來了一個不滿的眼神。

他心裏非常不痛快，打嗝可不是他可以控制的啊。他故意再打了個大大的嗝，

這一次，那個嬸嬸沒有再轉頭來了。

他為了自己的**惡作劇**而笑了起來。

這天路面塞車情況非常嚴重，等了接近半小時才乘上巴士，全車滿得找不到一個座位，夏桑菊被擠壓到上層和下層之間的樓梯口，不上不落的佇立着。上學一整天的他已經很累了，但睏得眼也睜不大的他卻沒得休息，沒得倒頭便睡。他開始懷念不用擔心誤站、睡到家樓下乘校車的日子。

可是，他知道，他不會答應媽媽替他安排校車，一切已不能回頭了。

正如上了小三就無法央求回到幼高，他只好**堅強撐下去**。

第 **10** 章

夏桑菊的花語

新的一天，床頭的豬頭鬧鐘未響起，夏桑菊已按熄了它。

他提早回學，然後又懷疑自己是不是太早。他首次罕有地不用排隊就買到維他奶。他走回課室，準備等到胡凱兒回來，第一時間跟她正式道歉，好好跟她說話。

推開課室的門，原以為自己是第一個回校，卻沒想到，胡凱兒正坐在她最後排的座位上，雙眼盯着平板電腦。

　　聽到房門打開，她抬起頭看了一眼，兩人直直的對視一眼，她又垂下眼，若無其事的繼續掃屏幕。

　　夏桑菊腦中一片空白，忘了自己也可以説早晨，便坐回自己第一行的座位去了。

　　他背對着她，心跳卻不斷加速。

　　因為，他感應到了，胡凱兒也是提早回校。會不會是，也在想着他心想的那件事？

　　趁現在課室內無人，他希望把一切説個明白，他珍惜這個朋友，但願可以做一

年朋友也好，他沒有準備那麼快便失去她。

正當他準備跟她說話，有人扭開了門把，他心裏一陣失望，他又錯過良機了。

然而，推開門的是一個不認識的女生，她看着空蕩蕩的課室，問：「方圓圓回來了沒有啊？」

夏桑菊搖了搖頭，女生就離開了，但她卻忘記了關門。他走去把門關好，深深吸一口氣，轉過身向胡凱兒說：

「對了——」／「對了——」

　　沒想到，胡凱兒也在同一秒説出同一句話來，然後，兩人又一同抿着嘴巴。

　　胡凱兒苦笑着説：「你先説。」

　　「不，女士優先，那是基本禮貌。」

　　胡凱兒的神情好氣又好笑，她清了一下喉嚨説：「對了，我吃薯片太多了，生了幾顆痱滋，喉嚨也痛得要命，我走到藥房買了涼茶，服用了三劑，現在已好得多了。」

　　夏桑菊聽得一陣迷惘，不明白她為何要告訴他這件事，他只好嗯的應了一聲。

　　胡凱兒的聲音頓了一下，繼續説下去：「我一向很害怕涼茶，只覺得它們都苦澀

136

難喝，但我這次喝的涼茶是

夏桑菊，入口甘甜，氣味

也芬香。然後，我上網搜索了

關於夏桑菊。」

　　夏桑菊沉靜地、用心地聆

聽着她的話。

　　「原來，夏桑菊是三種植物的組合，

夏即夏枯草，桑即冬桑葉，菊即甘菊……

想起來，你的爸媽替你改夏桑菊這個名字，

該有特別用意吧。」

　　夏桑菊聽着她一疊聲地説，其中夏桑菊

這三個字出現多次，讓他聽得滿心溫煦。

　　他點一下頭，微笑着説：「我的名字

是媽媽改的。我聽她說過，她最愛喝夏桑菊。媽媽希望我的人生也是這樣，看起來好像苦澀又難以入口，但只有自己才知道箇中的甘甜。」

胡凱兒驚訝地問：「你的名字不是爸爸改的？」

「我爸爸都聽媽媽的。」

「你們這一家，真像『愛登士家庭』。」

夏桑菊向她乾瞪着眼，她知道自己說得有點過分，連忙說：「對不起，我——」

夏桑菊卻笑着一揮手，打斷她的話：「其實，我也這樣想。我生長在一個古怪的家，就好像《冰雪奇緣》裏

Elsa 女皇統治的國家，我唯一可以做的，就是揮走身上的披肩，高唱一首 *Let it go！*」

　　兩人相視而笑。

　　夏桑菊忽然想起了甚麼，走向自己的座位，說回剛才想說的話：「對了，差點忘記了。」他從書包拿出一包**珍寶裝薯片**，慢慢走向胡凱兒，對她說：「本來，準備送你的，但你的口卻潰爛了，所以——」

　　話未說完，胡凱兒已一手搶過薯片，撕開了錫紙吃一大塊，咬得「索索」有聲。

　　夏桑菊無可奈何地說：「那好吧，這

一包送你吃。但你不怕明天『開不了口』嗎？」

「不怕。」

「嗯？」

她向他眨了眨大眼睛的説：「我有夏桑菊。」

夏桑菊溫柔地痛罵：「笨蛋。」

請找出以下兩張圖片的十個不同之處。

彩熊聯盟

迷宮遊戲

猜猜以下哪隻小熊能夠吃到薯片？

大心熊 心心熊 小心熊

小遊戲

答案：請留意下集或天地圖書 Facebook 專頁。

反斗群英 ③ 預告

群英小學的班際才藝表演開始了，
小三戊班的各位同學，
出盡奇謀妙計想勝出比賽，
到底誰會脫穎而出？

女班長蔣秋彥跟嫲嫲舐犢情深，
可惜嫲嫲的病愈來愈嚴重，
竟忘記婆孫之間的深厚感情，
小彥子該如何自處？
如何幫嫲嫲尋回「自己」？

最幽默搞笑和最令人垂淚的故事，
在反斗群英第三集同時併發！

即將轟動上市，
敬請密切期待！

書　　名　反斗群英2：做個好朋友
作　　者　梁望峯
插　　圖　安多尼各
責任編輯　王穎嫻
美術編輯　郭志民
協　　力　林碧琪 Key
出　　版　小天地出版社（天地圖書附屬公司）
　　　　　香港黃竹坑道46號新興工業大廈11樓（總寫字樓）
　　　　　電話：2528 3671　　　　傳真：2865 2609
　　　　　香港灣仔莊士敦道30號地庫（門市部）
　　　　　電話：2865 0708　　　　傳真：2861 1541
印　　刷　亨泰印刷有限公司
　　　　　柴灣利眾街德景工業大廈10字樓
　　　　　電話：2896 3687　　　　傳真：2558 1902
發　　行　聯合新零售（香港）有限公司
　　　　　香港新界荃灣德士古道220 248號荃灣工業中心16樓
　　　　　電話：2150 2100　　　　傳真：2407 3062
出版日期　2021年6月初版・香港
　　　　　2022年6月第二版・香港

（版權所有 • 翻印必究）
©LITTLE COSMOS CO. 2022
ISBN：978-988-75229-3-5